VIE ET MORT

D'ÉMILE AJAR

ROMAIN GARY

VIE ET MORT
D'ÉMILE AJAR

GALLIMARD

Il a été tiré de l'édition originale de cet ouvrage
vingt exemplaires sur vergé blanc de Hollande
Van Gelder numérotés de 1 à 20 et vingt-cinq
exemplaires sur vélin pur fil Lafuma-Navarre
numérotés de 21 à 45.

Instructions concernant la manière dont devait être publiée « Vie et mort d'Émile Ajar » inscrites par Romain Gary en tête de son manuscrit.

Robert Gallimard et
Georges Kiejman

La date à laquelle ces révélations seront faites sera déterminée par Robert et Claude Gallimard en accord avec mon fils.

Romain Gary
30 nov. 1980

Je viens enfin ici dans le vif du sujet sous autre forme de procès. L'As-sistant, au Jardin d'Acclimatation, ~~qui~~ où j'ai rédigé mes dernières notes, m'avait dit :

— Je vous encourage fermement à continuer. Mettez tout cela par écrit, sans rien cacher, car rien ne vaut l'~~exp~~ observation directe et l'expérience vécue. Évitez surtout toute littérature, car le sujet en vaut la peine.

Je convins également de me rappeler

Page 1 de Gros Câlin.

Il était monté dans mon taxi,
boulevard Haussmann au très vieux
monsieur avec une belle moustache et
une barbe blanches qu'il s'est rasé
après, quand on s'est mieux connus. Son
visage lui avait dit que ça se non le
ressemblait plus à personne qu'il aimait.
Depuis quelle usuel quatre ans, et quelques
ce n'était pas la peine d'en rajou-
ter. Mais si notre première rencontre il
avait encore toute sa moustache et une
courte barbe qu'on appelle à l'espagnole,

Se trahit remarqué qu'il était très beau
De sa personne dans le sens où l'on
dit un beau vieillard, avec des poils blancs
bails et longs qui ~~~~~~~~~~~~~~~~
~~~~~~~~~~ ne s'occupait pas toujours
~~~~~~~~~~
à plaquer, les yeux élevaient ce qui lui
restait de ses ~~~~ souples et même noirs
un noir qui débordait et baignait de l'
l'ombre ~~~~. Il se ~~~~ lui ~~~~
même orné, et d'où s'exprimait ~~~~
par l'expression sérène avec laquelle

Page 1 de *L'Angoisse du roi Salomon*.

J'écris ces lignes à un moment où le monde, tel qu'il tourne en ce dernier quart de siècle, pose à un écrivain, avec de plus en plus d'évidence, une question mortelle pour toutes les formes d'expression artistique : celle de la futilité. De ce que la littérature se crut et se voulut être pendant si longtemps — une contribution à l'épanouissement de l'homme et à son progrès — il ne reste même plus l'illusion lyrique. J'ai donc pleinement conscience que ces pages paraîtront sans doute dérisoires au moment de leur publication, car, que je le veuille ou non, puisque je m'explique ici devant la postérité, je présume forcément que celle-ci accordera encore quelque importance à mes œuvres et, parmi celles-ci, aux quatre romans que j'ai écrits sous le pseudonyme d'Emile Ajar.

Néanmoins, je tiens à m'exprimer, ne serait-ce que par gratitude envers mes lecteurs, et aussi parce que cette aventure que j'ai vécue fut, à une exception près — celle de McPherson inventant le poète Ossian, au début du dix-neuvième siècle, cet Ossian mythique dont McPherson avait écrit lui-même l'œuvre acclamée dans toute l'Europe — fut, à ma connaissance, sans précédent par son ampleur dans l'histoire littéraire.

Je citerai ici, tout de suite, un épisode, pour montrer — et ce fut une des raisons de ma tentative, et aussi de sa réussite — à quel point un écrivain peut être tenu prisonnier de « la gueule qu'on lui a faite », comme disait si bien Gombrowicz. Une « gueule » qui n'a aucun rapport ni avec son œuvre, ni avec lui-même.

Lorsque je travaillais au premier Ajar, *Gros Câlin,* je ne savais pas encore que j'allais publier ce roman sous un pseudonyme. Je ne prenais donc aucune précaution et mes manuscrits, comme d'habitude, traînaient partout.

Une amie, Madame Lynda Noël, venue chez moi à Majorque, avait vu sur mon bureau le cahier noir, avec le titre clairement marqué sur la couverture. Plus tard, lorsque le nom d'Emile Ajar, ce mystérieux inconnu, prit le retentissement dont on retrouvera la mesure en consultant les journaux de l'époque, c'est en vain que Mme Noël s'en alla partout, répétant que Romain Gary était l'auteur de l'œuvre, qu'elle avait *vu,* de ses yeux *vu.* On ne voulait rien savoir : et pourtant, cette gentille dame s'était donné tant de mal pour essayer de me faire rendre mon dû ! Seulement, voilà : Romain Gary était bien incapable d'avoir écrit cela. Ce fut, mot pour mot, ce qu'un brillant essayiste de la N.R.F. déclara à Robert Gallimard. Et un autre, au même ami qui me fut cher : « Gary est un écrivain en fin de parcours. C'est impensable. » J'étais un auteur classé, catalogué, acquis, ce qui dispensait les professionnels de se pencher vraiment sur mon œuvre et de la connaître. Vous pensez bien, pour cela, il faudrait *relire* ! Et encore quoi ?

Je le savais si bien que, pendant toute la durée de l'aventure Ajar — quatre livres — je n'ai jamais redouté qu'une simple et facile analyse de textes vînt me tirer de mon anonymat. Je ne me suis pas trompé : aucun des critiques n'avait reconnu ma voix dans *Gros Câlin*. Pas un, dans *La Vie devant soi*. C'était, pourtant, exactement la même sensibilité que dans *Education européenne, Le Grand Vestiaire, La Promesse de l'Aube,* et souvent les même phrases, les mêmes tournures, les mêmes humains. Il eût suffi de lire *La Danse de Gengis Cohn* pour identifier immédiatement l'auteur de *La Vie devant soi.* Les jeunes gens amis du jeune héros de *L'Angoisse du roi Salomon* sont tous sortis d'*Adieu Gary Cooper* : le personnage de Lenny dans ce dernier roman parle et pense exactement comme Jeannot dans le *Roi Salomon* : c'est ce qu'avait fait remarquer à mon fils Hugues Moret alors âgé de 17 ans et élève en première au lycée Victor-Duruy. Tout Ajar est déjà dans *Tulipe*. Mais qui donc l'avait lu, parmi les « professionnels » ?

On imagine ma joie profonde. La plus douce de toute ma vie d'écrivain. J'assistais à quelque chose qui, en littérature, n'intervient en général qu'à titre posthume, lorsque, l'auteur n'étant plus là et ne gênant plus personne, on peut lui rendre son dû.

Ce fut seulement un an après la publication du premier Ajar, lorsque je demandai à mon petit-cousin Paul Pavlowitch d'entrer en scène que, pour traiter avec l'éditeur notre lien de parenté une fois découvert, les soupçons commencèrent à se porter sur moi. J'en disposais avec la plus grande facilité : je savais que ces messieurs-dames n'allaient pas faire leur métier et étudier les textes.

Mais ce fut avec la parution de *Pseudo* que ma témérité fut vraiment récompensée. Alors que je m'y étais fourré tel qu'on m'a inventé et que tous les critiques m'avaient donc reconnu dans le personnage de « tonton macoute », il n'est venu à l'idée d'aucun qu'au lieu de Paul Pavlowitch inventant Romain Gary, c'était Romain Gary qui inventait Paul Pavlowitch.

Celui de *L'Express,* après avoir déclaré, fort d'une indiscrétion d'une personne pourtant tenue par le secret professionnel que, pour ses œuvres précédentes, Ajar avait eu des « collaborateurs », dont sans doute moi, ajoutait que *Pseudo* avait manifestement été écrit par Ajar lui-même, et tout seul. Un livre « vomi » hâtivement, déclarait-il, et il expliquait que ce jeune écrivain, devenu célèbre et la tête gonflée, avait répudié ses « collaborateurs », refusé d'écouter leurs conseils, et y était allé de sa propre main, tout seul et n'importe comment. D'où, disait notre critique, l'absence de « roueries », de « métier », que l'on trouvait, d'après lui, dans les deux précédents ouvrages, et le caractère « vomi », bâclé, du livre. Bonne mère ! S'il est un livre de vieux professionnel, c'est bien *Pseudo* : la rouerie consistait à ne pas la laisser sentir. Car il se trouve que ce roman de l'angoisse, de la panique d'un être jeune face à la vie devant lui, je l'écrivais depuis l'âge de vingt ans, l'abandonnant et le recommençant sans cesse, traînant des pages avec moi à travers guerres, vents, marées et continents, de la toute jeunesse à l'âge mûr, tant et si bien que mes amis d'adolescence, François Bondy et René Agid, reconnurent dans *Pseudo,* à quarante ans de distance, deux passages que j'avais gardés de mon *Vin des Morts,* celui des flics-insectes froufroutant dans le bordel, et celui du Christ, de l'enfant et de l'allumette, que je leur avais lus dans ma chambre d'étudiant, rue Rollin, en 1936.

J'ajoute pour les amateurs de perversité que ce M. Galley, pour mieux descendre Ajar, car celui-ci avait alors priorité, rappelait que c'était moi, son tonton, qui avais écrit ce « beau livre », *La Promesse de l'Aube.* Ce « beau livre », il l'avait éreinté à la parution...

Tout, à peu de choses près, dans *Pseudo,* est roman. Le personnage de Paul Pavlowitch, ses névroses, psychoses, « états psychiatriques » et avatars hospitaliers, sont entièrement inventés — et sans son accord. J'écrivis le livre en quinze jours dans ma cachette genevoise et lui téléphonai.

— J'ai inventé de toutes pièces un Paul Pavlowitch dans le roman. Un délirant. J'ai voulu exprimer l'angoisse et je t'ai chargé de cette angoisse. Je règle aussi des comptes avec moi-même — plus exactement, avec la légende qu'on m'a collée sur le dos. Je me suis inventé entièrement, moi aussi. Deux personnages de *roman.* Tu es d'accord ? Pas de censure ?

— Pas de censure.

J'admire la force d'âme — le mot anglais « fortitude » conviendrait mieux — avec laquelle mon cousin à la mode de Bretagne accepta de passer pour « dingue ».

Les seuls détails vrais sont ceux que j'ai puisés dans notre ascendance commune : mon oncle maternel, notamment, le grand-père de Paul, Ilya Ossipovitch Owczynski. Cette partie du texte avait été écrite en 1959 et devait figurer dans *La Promesse de l'Aube.* J'en avais alors touché quelques mots à la mère de Paul, ma cousine, mais elle fut offusquée lorsque je lui avouai que je parlais de son père sur un mode humoristique. Et je reconnaissais moi-même que la publication de certains faits était impossible alors. Je mis donc ces quelques pages de côté et les incorporai dans « l'arbre généalogique » de *Pseudo.* Je recueillis mes renseignements de psychothérapie chimique auprès du docteur Louis Bertagna, comme je l'avais fait pour l'aphasie, dans *Clair de Femme,* en m'adressant au docteur Ducarne, de la Salpêtrière.

Ce fut seulement après avoir terminé *Gros Câlin* que je pris la décision de publier le livre sous un pseudonyme, à l'insu de l'éditeur. Je sentais qu'il y avait incompatibilité entre la notoriété, les poids et mesures selon lesquels on jugeait mon œuvre, « la gueule qu'on m'avait faite », et la nature même du livre.

J'avais déjà, pour tenter de m'évader, tâté à deux reprises du pseudonyme. Fosco Sinibaldi, pour *L'homme à la colombe* — cinq cents exemplaires vendus — et Shatan Bogat, pour *Les têtes de Stéphanie,* qui ne démarra que lorsque je me laissai identifier comme auteur.

Je savais donc que *Gros Câlin,* premier livre

d'un inconnu, allait se vendre mal, mais je tenais à l'anonymat par-dessus tout. L'éditeur ne pouvait donc pas être mis au courant. Le manuscrit arrivait du Brésil, par les soins de mon ami Pierre Michaut. L'auteur était un jeune errant qu'il avait rencontré à Rio ; ayant eu maille à partir avec la justice, il ne pouvait remettre les pieds en France.

Le rapport du comité de lecture chez Gallimard fut médiocre. Ce fut l'insistance passionnée d'une première lectrice — avant le passage du manuscrit devant l'auguste comité — qui décida finalement l'éditeur, sinon à publier lui-même, du moins à le recommander au *Mercure de France.* L'enthousiasme de Michel Cournot fit le reste.

Pierre Michaut, ne pouvant invoquer aucune « autorité » valable, dut cependant accepter des coupures. Un chapitre au milieu, quelques phrases ici et là, et le dernier chapitre. Ce dernier chapitre « écologique » était à mes yeux important. Mais il est vrai que son côté « positif », son côté « message », lorsque mon personnage, transformé en python, est porté à la tribune du meeting écologique, n'était pas dans le ton du reste. Je souhaite donc que *Gros Câlin* demeure tel qu'il est apparu pour la première fois devant le public. Le chapitre « écologique » peut être publié séparément, si mon œuvre continue à intéresser.

Le livre parut. Je n'attendais rien. Tout ce que je voulais, c'était pouvoir parfois poser la main sur mon *Gros Câlin*. Les hommes ont besoin d'amitié.

Quant à la critique parisienne...

D'autres que moi ont parlé de la « terreur dans les lettres », des coteries et des cliques à claques, copinages, renvois d'ascenseur, dettes remboursées ou comptes réglés... Ce qui est en cause, en réalité, ce n'est pas la critique, c'est le parisianisme. Pas trace, en dehors de Paris, de cette pauvre petite volonté de puissance. Rêvons, ici encore, de décentralisation. Aux Etats-Unis, ce n'est pas New York, ce sont les critiques de toutes les grandes et petites villes, d'un bout à l'autre du pays, qui décident du sort d'un livre. En France, ce n'est même pas Paris : c'est le parisianisme.

Un jour, j'eus droit dans un quotidien à une page entière d'éloges : il s'agissait de mon roman *Europa*. Bon. Un an après, je publie *Les Enchanteurs*. Ereintement fielleux d'une page dans le même quotidien par le même « critique ». Bon. Quelques semaines ou mois plus tard, je rencontre cette personne à un dîner chez Mme Simone Gallimard. Elle paraît gênée.

— Vous avez dû être surpris par ma sévérité pour *Les Enchanteurs* ?

— Mmm.

— Je vous avais fait un très bon papier pour *Europa* et *vous ne m'avez pas remerciée...*

Joli, non ?

On comprendra qu'après de telles expériences et bien d'autres, je fusse pris d'un dégoût profond de publier. Mon rêve, que je n'ai jamais pu réaliser pour des raisons économiques, était d'écrire tout mon saoul et de ne rien publier de mon vivant.

Je me trouvais chez moi à *Cimarron* lorsque Jean Seberg me téléphona pour me dire que *Gros Câlin* était si bien reçu par la critique que *Le Nouvel Observateur* désignait Raymond Queneau ou Aragon comme auteur probable du roman, car « ce ne pouvait être l'œuvre que d'un grand écrivain ». J'apprenais bientôt par les journaux qu'Emile Ajar était en réalité Hamil Raja, terroriste libanais. Qu'il était un médecin marron, avorteur, criminel de droit commun ou Michel Cournot lui-même. Que le livre était le produit d'un « collectif ». Je rencontrai une jeune femme qui avait eu une liaison avec Emile. C'était, disait-elle, un très gros baiseur. J'espère que je ne l'ai pas trop déçue.

Je dus m'adresser à Me Gisèle Halimi afin de changer le contrat d'Ajar avec le Mercure de France. Ce contrat, fait pour cinq ouvrages, et bien que signé par moi d'un nom fictif, me liait néanmoins pour cinq volumes en tant que Romain Gary. J'avais choisi Me Gisèle Halimi parce que son passé d'avocate, au moment de la guerre d'Algérie, donnait de la consistance au mythe Hamil Raja, terroriste libanais, qui était apparu je ne sais comment et me convenait parfaitement.

Mon nom ne fut prononcé pour la première fois qu'après *La Vie devant soi*, un an plus tard, avec l'entrée en scène de Paul Pavlowitch, son identification par *Le Point* et la découverte de notre parenté.

Il me faut, à présent, tenter de m'expliquer « en profondeur ».

J'étais las de n'être que moi-même. J'étais las de l'image Romain Gary qu'on m'avait collée sur le dos une fois pour toutes depuis trente ans, depuis la soudaine célébrité qui était venue à un jeune aviateur avec *Education européenne,* lorsque Sartre écrivait dans *Les Temps modernes* : « Il faut attendre quelques années avant de savoir si *Education européenne* est ou non le meilleur roman sur la Résistance... » Trente ans ! « On m'avait fait une gueule. » Peut-être m'y prêtais-je, inconsciemment. C'était plus facile : l'image était toute faite, il n'y avait qu'à prendre place. Cela m'évitait de me livrer. Il y avait surtout la nostalgie de la jeunesse, du début, du premier livre, du *recommencement*. Recommencer, revivre, être un autre fut la grande tentation de mon existence. Je lisais, au dos de mes bouquins : « ... plusieurs vies bien remplies... aviateur, diplomate, écrivain... » Rien, zéro, des brindilles au vent, et le goût de l'absolu aux lèvres. Toutes mes vies officielles, en quelque sorte, répertoriées, étaient doublées, triplées par bien d'autres, plus secrètes, mais le vieux coureur d'aventures que je suis n'a jamais trouvé d'assouvissement dans aucune. La vérité est que j'ai été très profondément atteint par la plus vieille tentation protéenne de l'homme : celle de la multiplicité. Une fringale de vie, sous toutes ses formes et dans toutes ses possibilités que chaque saveur goûtée ne faisait que creuser davantage. Mes pulsions, toujours simultanées et contradictoires, m'ont poussé sans cesse dans tous les sens, et je ne m'en suis tiré, je crois, du point de vue de l'équilibre psychique, que grâce à la sexualité et au roman, prodigieux moyen d'incarnations toujours nouvelles. Je me suis toujours été un autre. Et dès que je rencontrais une constante : mon fils, un amour, le chien Sandy, je poussais mon attachement à cette stabilité jusqu'à la passion.

Dans un tel contexte psychologique, la venue au monde, la courte vie et la mort d'Emile Ajar sont peut-être plus faciles à expliquer que je ne l'ai d'abord pensé moi-même. *C'était une nouvelle naissance. Je recommençais. Tout m'était donné encore une fois.* J'avais l'illusion parfaite d'une nouvelle création de moi-même, par moi-même.

Et ce rêve de roman total, personnage et auteur, dont j'ai si longuement parlé dans mon essai *Pour Sganarelle*, était enfin à ma portée. Comme je publiais simultanément d'autres romans sous le nom de Romain Gary, le dédoublement était parfait. Je faisais mentir le titre de mon *Au-delà de cette limite votre ticket n'est plus valable.* Je triomphais de ma vieille horreur des limites et du « une fois pour toutes. »

Ceux que la chose intéressera encore maintenant que tout est fini, depuis longtemps, retrouveront aisément dans la presse de l'époque la curiosité, l'enthousiasme, le bruit et la fureur qui entourèrent le nom d'Emile Ajar à la sortie de *La Vie devant soi*. Et moi, revenu en quelque sorte une nouvelle fois sur terre, inconnu, inaperçu, j'assistais en spectateur à ma deuxième vie. J'avais d'abord intitulé mon deuxième « Ajar » *La Tendresse des pierres*, ayant complètement oublié que j'avais utilisé ce titre, dans le texte même d'*Adieu Gary Cooper*. Ce fut Annie Pavlowitch qui me le signala. Je crus tout perdu. Ce fut pour brouiller les pistes que j'ai délibérément évoqué cet oubli, en le transposant, dans *Pseudo*.

Il m'apparut alors qu'il ne me restait qu'un pas de plus à faire pour parvenir à ce « roman total » que j'avais évoqué dans les quelque 450 pages de *Pour Sganarelle*, et, poussant la fiction encore plus loin, donner vie à ce *picaro*, à la fois personnage et auteur, tel que je l'avais décrit dans mon essai. Il me semblait aussi que si

Emile Ajar se laissait entrevoir brièvement, en chair et en os, avant de s'évanouir à nouveau dans le mystère, je relancerais le mythe, en écartant définitivement tout soupçon de « grand écrivain tapi dans l'ombre » que la presse s'ingéniait à chercher, et pourrais continuer mon œuvre « Ajar » en toute tranquillité, en riant sous cape. Je demandai donc à Paul Pavlowitch, qui avait la « gueule » qu'il fallait, d'assumer brièvement le personnage, avant de disparaître, en donnant une biographie fictive et en gardant le plus strict incognito. Il lui appartient, si un jour l'envie l'en prend, d'expliquer pourquoi, dans l'interview qu'il avait accordée au *Monde*, à Copenhague, il avait donné sa véritable biographie, et pourquoi, malgré mon opposition, il avait fourni sa photo à la presse. Dès lors, le personnage mythologique auquel je tenais tant cessait d'exister pour devenir Paul Pavlowitch. Son identification fut facile — et notre lien de parenté révélé. Je me défendis comme un beau diable, multipliai les démentis, jouai à fond le droit que j'avais de conserver son anonymat et réussis à convaincre tout ce monde d'autant plus facilement qu'on m'avait assez vu et on avait besoin de « nouveauté ». Pour mieux me protéger, j'inventai dans *Pseudo* un Paul Pavlowitch « autobiographique » et réussis ainsi à écrire ce roman de l'angoisse dont je rêvais depuis l'âge de vingt ans et *Le Vin des Morts*. Mais je savais qu'Emile Ajar était condamné. J'avais déjà écrit soixante-dix pages de *L'Angoisse du roi Salomon*, mais les mis de côté, pour ne reprendre le roman que deux ans plus tard, poussé par un besoin de création plus fort que tous les découragements.

Pourquoi, se demandera-t-on peut-être, me suis-je laissé tenter de tarir la source qui continuait encore à charrier en moi des idées et des thèmes ? Mais parbleu ! parce que je m'étais *dépossédé*. Il y avait à présent quelqu'un d'autre qui vivait le phantasme à ma place. En se matérialisant, Ajar avait mis fin à mon existence mythologique. Juste retour des choses : le rêve était à présent à mes dépens...

Paul Pavlowitch collait au personnage. Son physique très « Ajar », son astuce, son tempérament, réussirent, malgré les évidences, à détourner l'attention de moi et à convaincre.

En vérité, je ne crois pas qu'un « dédoublement » soit possible. Trop profondes sont les racines des œuvres, et leurs ramifications, lorsqu'elles paraissent variées, très différentes les unes des autres, ne sauraient résister à un véritable examen et à ce qu'on appelait autrefois « l'analyse des textes. » Ainsi, en préparant un recueil de mes piécettes littéraires, je tombai sur le récit suivant publié dans *France-Soir,* en avril 1971 :

Parlant de l'âge... Mon ami don Miguel de Montoya vit à l'ombre de l'Alcazar de Tolède, dans une de ces ruelles étroites où avait retenti jadis le pas du Greco. Don Miguel a 96 ans. Depuis trois quarts de siècle. Il sculpte des jeux d'échecs et ces statuettes de Don Quichotte qui sont la tour Eiffel de la pacotille touristique espagnole.

J'affirme solennellement devant Dieu et devant les hommes que don Miguel est le personnage le plus solidement optimiste que j'aie jamais rencontré... A 96 ans, tous les mois, il va consulter une voyante célèbre pour se faire lire son avenir dans une boule de cristal... J'ai parlé à la bonne femme après une de ces séances. Elle était au bord des larmes.

— Que voulez-vous que je lui prédise, à son âge ? Un nouvel amour ? De l'argent ? Bonheur et prospérité ?

— Pourquoi ne lui dites-vous pas la vérité, madame ? Pourquoi ne lui dites-vous pas que vous ne voyez RIEN ?

Dimanche dernier, je suis allé à Tolède chez don Miguel, qui ressemble à un de ces don Quichotte dont il a sculpté plus de cent cinquante mille fois le visage au cours de sa vie... Il venait de consulter sa voyante. Ses enfants et ses arrière-petits-enfants paraissaient catastrophés, mais don Miguel, assis sur une valise de cuir vert toute neuve qu'il venait d'acheter était ravi.

— Il paraît que je vais faire un grand voyage, m'expliqua-t-il...

C'était exactement le chapitre XV, où

35

monsieur Salomon va consulter une voyante !

Je commençais d'ailleurs à être sérieusement épluché. Car il n'y a pas que la critique parisienne, laquelle a autre chose à faire qu'étudier sérieusement les textes : il y a aussi tous ceux qui ont le temps de lire et qui ne se bornent pas à patiner à la surface de l'actualité.

Un jour, je reçus une jeune et belle journaliste de *Match*, Laure Boulay. Il s'agissait de quelques photos et d'une interview, à propos de *Clair de Femme*. Une fois l'entretien terminé, cette jeune et apparemment timide personne me démontra, en deux coups de cuiller à pot, que Romain Gary et Emile Ajar étaient une seule et même personne. Son analyse de textes fut aussi brève qu'implacable, à commencer par le refrain « Je m'attache très facilement » qu'elle avait repéré aussi bien dans *Gros Câlin* que dans *La Promesse de l'Aube*.

Et de continuer, tout tranquillement :

— La phrase de Madame Rosa, tant de fois citée par la critique : « Il n'est pas nécessaire d'avoir une raison pour avoir peur », vous l'avez déjà employée dans *La Tête coupable*, où Mathieu dit : « Et depuis quand un homme a-t-il besoin d'une raison pour avoir peur ? »

... Je me rappelai, du coup, que cette maudite phrase était prononcée aussi par le personnage joué par Jean-Pierre Kalfon, dans mon film *Les oiseaux vont mourir au Pérou*.

Je ne bronchai pas. J'avais un système de défense tout prêt. Je l'avais déjà employé pour parer à la démonstration d'une jeune professeur de français, Geneviève Balmès, fille d'une amie de jeunesse, qui m'avait fait remarquer que les rapports de Momo avec Madame Rosa dans *La Vie devant soi*, ceux du jeune Luc Mathieu avec le malheureux Théo Vanderputte, dans *Le Grand Vestiaire* et les miens avec ma mère, dans *La Promesse de l'Aube*, étaient exactement les mêmes et avait passé le déjeuner auquel je l'avais conviée à relever les similitudes de thèmes et les détails des deux œuvres, jusqu'au moindre tic de langage.

Je jouai la vanité d'auteur, toujours très convaincante.

— Evidemment, dis-je. Personne ne s'est aperçu à quel point Ajar est influencé par moi. Dans les cas que vous citez si justement, on peut même parler de véritable plagiat. Mais enfin, c'est un jeune auteur, je n'ai pas l'intention de protester. D'une manière générale, l'influence qu'exerce mon œuvre sur les jeunes écrivains n'est pas assez soulignée. Je suis heureux que vous vous en rendiez compte...

Les beaux yeux de Laure Boulay me dévisageaient attentivement. J'espère qu'au moment où paraîtront ces pages, elle aura réalisé son rêve : être grand reporter. Pendant toute la durée de notre entretien, j'en fus éperdument amoureux. Je m'attache très facilement.

Je ne crois pas qu'elle fut dupe. Je crois que, par gentillesse, elle m'a épargné...

Cela commençait à pleuvoir de tous les côtés. Un professeur de français à la retraite, M. Gordier, me faisait remarquer que le fétiche de Momo, « le parapluie Arthur », était déjà celui de la petite Josette, dans *Le Grand Vestiaire*... Et que tout Ajar était déjà contenu dans *La Danse de Gengis Cohn*, jusqu'au « trou juif », qui y tient la même place que dans *La Vie devant soi*... Et que, dans ce roman, le passage où Momo donne son chien à une dame riche pour que l'animal ait une vie plus heureuse que lui-même, est une « récidive » exacte des pages, dans *Le Grand Vestiaire*, où Luc donne son chien à un G.I. américain pour que ce dernier l'emmène avec lui au pays de Cocagne...

Je répondis une fois de plus qu'il ne fallait pas trop en vouloir à un jeune auteur...

— Comprenez bien, monsieur, il est normal qu'un écrivain de ma stature influence les jeunes...

Je pourrais citer bien d'autres passages où l'identification n'aurait échappé à aucun vrai professionnel. Jusqu'au python Gros Câlin qui figure sous le nom de Pete l'Etrangleur dans mon récit autobiographique *Chien Blanc*... Je m'étais lié avec lui à Los Angeles. Il suffisait de lire...

Je ne veux pas me livrer ici à une exégèse de

mon œuvre : des jours et des jours après ma mort, j'ai d'autres chats à fouetter. Je veux simplement dire ce que mon fils Diego avait compris dès l'âge de treize ans à la lecture de *La Vie devant soi* : Momo et Madame Rosa, c'était lui et sa vieille gouvernante espagnole, Eugenia Munoz Lacasta qui l'entourait d'une telle affection. Atteinte d'une phlébite qui déformait ses jambes, elle ne cessait de grimper l'escalier qui mène de l'appartement de mon fils au mien. Comme Madame Rosa, « elle aurait mérité un ascenseur ».

Aussi différents que puissent paraître en apparence *Les Racines du ciel* et *Gros Câlin*, les deux livres sont un seul et même cri de solitude. « Les hommes ont besoin d'amitié », dit Morel et si Cousin finit par s'identifier avec cette créature déshéritée qu'est le python, c'est qu'aussi bien dans *Les Racines du ciel* que dans *Gros Câlin*, la question de la « protection de la nature » se pose avant tout en termes de fraternité humaine, afin qu'il n'y ait pas de méprisés et d'humiliés...

40

Il me reste à parler de mon « deuxième Goncourt », celui qui échut à *La Vie devant soi*. Au moment de la parution de *Gros Câlin*, le livre était en tête comme favori au prix Théophraste-Renaudot. Craignant l'effet de la publicité sur mon anonymat, je me désistai par une lettre censée provenir du Brésil, que j'ai fait porter au jury et au Mercure de France. Je l'ai regretté aussitôt. J'avais coupé les ailes à mon livre. Mon *Gros Câlin*, qui avait un tel besoin d'amitié, je l'avais refoulé dans la solitude. L'année suivante, lorsqu'il fut question du Goncourt, ma parenté avec « Ajar » était déjà connue et, si je recommençais la manœuvre, personne n'aurait douté des raisons : c'est que j'avais déjà obtenu le Goncourt pour *Les Racines du ciel*. Mais la raison décisive pour laquelle je n'ai pas bougé peut se résumer ainsi : et puis, merde !

Ce fut sur l'intervention impérative de Me Gisèle Halimi que je priai Paul Pavlowitch de « refuser » le prix.

Je dois à mes proches beaucoup de reconnaissance. Car ils furent nombreux, ceux qui connaissaient le secret et l'ont gardé jusqu'au bout. Martine Carré, d'abord, qui fut ma secrétaire, à qui j'ai dicté tous les Ajar, ou qui les avait recopiés d'après mes manuscrits. Pierre Michaut, bien sûr, et son fils Philippe. Mes amis d'adolescence, René, Roger et Sylvia Agid. Jean Seberg, mon ex-femme et son mari Denis Berry. Ceux qui ont observé, bien sûr, le secret professionnel et recueilli les manuscrits et les documents légaux : Me Charles-André Junod, à Genève, Me Sydney Davis et Robert Lantz, à New-York, Me Arrighi, dont ce fut un des derniers dossiers, et son jeune collaborateur, Me Repiqué. Mon fils Diego qui, malgré son jeune âge, se contenta de me cligner de l'œil quand, à un programme de télévision, un critique de *Lire*, après avoir rageusement démoli l'œuvre de Romain Gary que défendait Geneviève Dormann, s'était exclamé : « Ah ! Ajar, c'est quand même un autre talent ! »

Il y eut des moments comiques. Notamment, lorsque Paul Pavlowitch exigea de moi les manuscrits, pour ne pas être à ma merci, et moi, lorsque je ne lui donnai que les premiers brouillons, et encore après les avoir photocopiés, pour ne pas être à la sienne. La scène où Jean Seberg emballait lesdits manuscrits que je portais au coffre au fur et à mesure, était digne de Courteline.

Et les échos qui me parvenaient des dîners dans le monde où l'on plaignait ce pauvre Romain Gary qui devait se sentir un peu triste, un peu jaloux de la montée météorique de son cousin Emile Ajar au firmament littéraire, alors que lui-même avait avoué son déclin dans *Au-delà de cette limite votre ticket n'est plus valable...*

Je me suis bien amusé. Au revoir et merci.

Romain Gary

21 mars 1979

*Reproduit et achevé d'imprimer
par Evidence au Plessis-Trévise,
le 5 janvier 2009.
Dépôt légal : janvier 2009.
1ᵉʳ dépôt légal : janvier 1978.
Numéro d'imprimeur : 3073.*

ISBN 978-2-07-026351-6 / Imprimé en France.

166757